CARLO E CARLA

Anna Vertua Gentile

L'autunno s'era annunciato con l'aria grigia e certe folate di aria fredda ed umida che staccavano le ultime foglie dalle piante, tappezzando il suolo di un tappeto color di ruggine.

Quel giorno, dopo una mattina di pioggiarella minuta e continua, un raggio di sole sbucava fra i nuvoloni e mandava una luce incerta sul giardino di Carlo.

Egli era nel suo studiolo fino da bruzzolo, con i gomiti puntati su la scrivania e la testa fra le mani. Gli stava spiegata dinanzi una lettera di parecchie pagine, che egli aveva letto e riletto e pareva studiare con attenzione. Per certo, quella lettera gli aveva dovuto recare dolore, a giudicare dalla sua aria abbattuta, dai suoi occhi rossi e gonfi.

Il sole che andò improvvisamente a battergli in volto, lo scosse; si guardò in tondo; si alzò, piegò la lettera e passò in camera da letto a vestirsi per uscire.

Apparve pochi minuti dopo, stretto nella maglia nera con pantaloni corti fino al ginocchio di color cenere, calze lunghe, nere, in testa un berretto bianco. Uscì in giardino, montò sulla bicicletta, e via.

Maddalena, la cuoca, fu appena in tempo di chiedergli se tornava a desinare.

– Senza dubbio! – rispose il giovine. E via per la strada maestra, fuori di città.

Si fermò dinanzi al cancello di una bella villa; suonò; gli fu aperto; andò dentro.

– Oh Carlo! – lo salutò una fanciulla, correndogli incontro. Gli fissò in volto gli occhi grigi, le morì il sorriso su la bocca e chiese:

– Che è?...

Dalla cera del giovine aveva capito che gli doveva esser capitato qualche cosa, forse un guaio.

Era davvero un grosso guaio.

Senza nulla rispondere, perchè a vedere la fanciulla il povero giovine si era subito sentito serrare alla gola, egli, appoggiata la bicicletta ad un albero, la condusse in un folto di piante, e prendendole tutte due le mani mormorò: – È una disgrazia!... una grossa disgrazia!

E raccontò.

Aveva ricevuto lettere dal babbo che da un anno aveva dovuto ritornare in America, chiamato dall'ingegnere che sopraintendeva a' suoi affari.

Il fallimento temuto era successo; la ruina era completa. Il babbo scriveva che per allora non poteva tornare; era necessario si fermasse per cercare di salvare dalla ruina almeno il necessario per vivere.

Levò la lettera dal taschino della cintura e lesse i passi più importanti, fino là dove il pover'uomo, nel parossismo del dolore, scriveva: «Ora non piango più la morte della tua santa madre; se n'è andata in tempo!»

– E tu? – fece la fanciulla, mentre Carlo ripiegava tristamente la lettera. – E tu?

Egli rispose alzando le spalle. Non metteva conto di pensare a lui. Era giovine e forte lui; avrebbe lavorato come tanti altri. Quello che lo tribulava era il pensiero del padre, abituato alla vita di gran signore, già infiacchito dal dolore per la morte della moglie ed ora avvilito dal crollo della sua fortuna.

– Oh povero babbo! povero babbo! – uscì ad esclamare il giovine, violentandosi per non piangere.

Commossa e pallida la fanciulla lo guardava senza poter parlare.

Pensava che ella era ricca e che se non fosse stata minorenne, avrebbe potuto riparare in parte alla disgrazia dell'amico suo. Ma aveva diciotto anni e dipendeva dal tutore, poichè era orfana. E il suo tutore era l'uomo più arcigno e duro che si potesse dare. O non teneva a stecchetto anche lei?...

Non poteva far altro che tentare di consolare il suo amico d'infanzia e lo fece con affettuose parole, con fraterno interesse, con le lagrime agli occhi, che dicevano tutta la sua angoscia.

Si erano messi a sedere su una panchina greggia; Carlo e Carla erano cresciuti insieme. Erano andati insieme alle scuole elementari, quindi al Ginnasio e al Liceo, lei di due anni indietro di lui negli studi; ora frequentava l'Università, nella Facoltà di filosofia e lettere.

Carlo si era dato allo studio delle lettere per passione e aveva fatto il terzo corso; Carla si era data a quello studio per il piacere di stare con lui, e aveva finito il primo anno. E andavano a scuola insieme come fratello e sorella.

Finchè era vissuta l'ottima mamma di Carlo, Carla passava parte del giorno e le serate in casa dell'amico.

Ma morta la buona, gentile signora, che era stata l'amica della mamma della fanciulla, questa aveva dovuto rinunciare al piacere di andare in casa di Carlo. Ed ora era lui che si recava a vederla.

In città avevano le case vicine muro a muro, e i giardini non erano divisi che da un cancello.

Nei mesi d'estate, la fanciulla viveva in quella villa a pochi chilometri dalla città.

Dopo la morte della mamma, Carlo non era più tornato nella palazzina sul lago ove la povera cara si era ammalata.

Ed ora che il babbo gli era lontano, non si scostava dalla città per non allontanarsi da Carla.

– Potrò io continuare a studiare? – chiese ad un tratto il giovine, come parlando fra sè.

Carla lo rassicurò. Per certo egli avrebbe seguitato a studiare; non gli mancava che un anno!... Poi sarebbe stato professore... gli avrebbero dato un posto; sarebbe bastato a sè ed al padre. Oh non bisognava scoraggiarsi!... Anche lei sarebbe stata professoressa fra tre anni e... avrebbero lavorato insieme, fino a che, fino a che... Ella era minore di lui; fra tre anni sarebbe stata maggiorenne, e allora!... allora!...

Un vivo rossore salì alla fronte del giovine al ricordo del bel sogno fatto insieme fino dall'infanzia e insieme vagheggiato!...

– Adesso io sono povero! – susurrò con dolore e orgoglio che dicevano mille cose e che fecero impallidire Carla.

Ella gli si rizzò davanti, bella nella figurina alta e sottile, nell'espressione del volto irregolare ma graziosissimo, con la tinta bruna, i capelli neri riccioluti, il nasino corto, la bocca grande dalle labbra rosse e il sorriso pieno di fascino.

– Vorresti che la tua disgrazia colpisse anche me nel cuore? – gli susurrò in un soffio, fissandolo, quasi a volergli leggere nell'anima. – Carlo... che colpa ci ho io? – sospirò.

E diede nello schianto.

***

Non è cosa così presto fatta l'adattarsi lì per lì a una vita di studente povero quando si fu abituati, fino dalla nascita, ad ogni maniera di larghezza.

Carlo, che aveva creduto di poter rinunciare al superfluo senza rammarico, ebbe presto a convincersi di essersi illuso; per lo meno di essersi creduto più forte che non lo fosse.

Poichè certi strappi conviene farli subito, egli non aveva indugiato a cambiar metodo di vita. Ora più non poteva abitare nella casa paterna, che doveva essere venduta, nè tenersi d'intorno mobili nè oggetti di lusso.

Una camera in qualche parte della città gli doveva bastare. Nè gli era concesso di tenersi una cuoca e un servitore; avrebbe mangiato in qualche trattoria come i suoi compagni; avrebbe lui stesso badato a' suoi vestiti.

E lasciò la casa paterna, che doveva essere venduta, e vendette tutto ciò che poteva avere un'apparenza di lusso: il divano coperto di velluto, le poltroncine eleganti, la scrivania intarsiata, la grande specchiera, la pendola antica, i quadri di valore; tutto.

Non tenne che il ritratto di sua madre, al naturale.

Quando uscì dalla casa, la vecchia portinaia, col grembiule agli occhi, lo salutò piangendo.

– Ah niente lagrime! – fece il giovine sforzandosi di sorridere. – Il mondo è fatto a scale, mamma Ghita, chi non lo sa?... Ora io le scendo a precipizio, ma posso risalirle!... Addio, mamma Ghita!

E se n'andò zufolando, con le mani sprofondate nelle tasche per non parere.

Passando davanti il portone della casa di Carla, si fermò un momento, sorpreso di sentirsi dentro un grosso, improvviso dolore. Ma tirò via dandosi, del grullo.

Allo svolto della via si abbattè faccia a faccia con un suo compagno, che lo fermò su i due piedi, chiedendogli in favore di prestargli per la sera di quel giorno la sua carrozza.

Un'ondata calda salì al cervello di Carlo; si sentì stranamente mortificato di non avere più nè carrozza nè cavalli e stette un momento in forse prima di rispondere, sconvolto dal desiderio di nascondere la verità con una scusa qualunque. Ma fu la lotta di un momento e vinsero in lui la rettitudine, il buon senso. E con un riso non troppo spontaneo, disse che non aveva più carrozza nè cavalli; era rovinato, povero; la verità, in due parole.

Il compagno fece dapprima gli occhioni meravigliati, poi si rabbruscò, infine, infilato il braccio nel suo: – Non ti crucciare! – disse con accento schietto. E non chiese nulla; anzi, con fine tatto, cambiò discorso lì per lì, non rasentando neppure il discorso di poc'anzi.

Carlo pensò: – Toh!... egli non è curioso!... ha da essere sincero.

E lo guardò come se lo vedesse per la prima volta.

Giorgio Balbo aveva una faccia punto bella, ma molto espressiva; il naso un po' grosso, gli occhi castani, le labbra carnose e sporgenti; l'aria seria, il fare un po' dinoccolato, senza affettazione.

– Che grullo ch'io non sono altro di non essermi mai accorto che Balbo è simpatico! – disse fra sè Carlo.

Giunsero alla casa, un po' fuori mano, ove Carlo aveva affittato la stanza. Era una casa di modestissima apparenza, che contrastava tristamente con la sontuosità del palazzo, che il povero giovine aveva dovuto lasciare.

– La mia camera è qui! – disse, sempre con un sorriso – al terzo piano!... Se mi verrai a trovare, procurerò di offrirti una seggiola! – soggiunse quasi ridendo.

Ma Giorgio Balbo non rise lui; e fu con l'espressione di un cruccio vero, che stendendo le mani al compagno gli disse:

– Carlo!... è inutile che tu scherzi, io ti leggo nel cuore. È bello esser forti, ma è bello anche avere un po' di fede nell'amicizia, e uno sfogo qualche volta può alleggerire!... A domani, Carlo! – soggiunse e se ne andò, lasciando nell'animo del compagno il conforto di essere stato compreso senza una confessione, d'aver trovato una simpatia sincera e sicura.

– Chi mai avrebbe pensato che quell'indifferentone potesse chiudere dentro dei sentimenti delicati? – si trovò a chiedere a sè stesso, salendo la scala buia e umidiccia che guidava alla sua nuova dimora.

E la scala e la modesta stanzuccia non gli fecero la triste impressione che si aspettava. Tanto è vero, che spesso nella vita una dimostrazione di amicizia, una parola, di opportuno conforto, sono un raggio di luce che riscalda e anima alla speranza.

Carlo si diede tosto d'intorno a mettere in ordine la sua poca roba; compose il tavolino a scrivania, dispose i libri su lo sporto del camino e sul cassettone, appese a capo del letto il ritratto di sua madre.

Un letto, un cassettone, un tavolino da notte, un altro a scrivania, quattro sedie; non c'era altro mobiglio nella nuova stanza di Carlo. Si guardò in tondo; ebbe una stretta al cuore, fece una spallucciata e si affacciò alla finestra. Come mai non aveva fino allora pensato di affacciarsi alla finestra?...

– Oh guarda! guarda! – fece sorpreso.

E respirò a larghi polmoni l'aria aperta e fresca che il fiume di sotto e le rive boscose gli mandavano.

La veduta da quella finestra era davvero bellissima. Nessun fabbricato dinanzi. Di sotto il fiume largo, pieno, maestoso; al di là del fiume il bosco folto; poi l'ampia distesa della campagna.

– Si studierà bene, qui! – disse. E soggiunse tosto. – Piacerebbe anche a Carla.

Al pensiero della sua compagna, dell'amica sua, il povero giovine si sentì dare un tuffo nel sangue. Ora non sarebbe più stato come prima; non poteva più essere come prima. Se egli avesse continuato a frequentare quella casa, che fino allora era stata come sua, che cosa avrebbe potuto dire il tutore di Carla?... lui, che non capiva altro che l'interesse, che discuteva sui sentimenti coi biglietti di banca alla mano?...

Il dubbio che il tutore di Carla potesse supporre in lui delle idee meno che elevate, lo fece arrossire fino ai capelli.

– Eppure è impossibile ch'io stia senza vederla, la mia povera amica! – esclamò.

E sentì più che mai il bisogno della sua affezione serena e fraterna, sentì più che mai il desiderio di appoggiarsi a lei come a quella che gli avrebbe dato la forza di superare quei momenti difficili, la speranza di uscire vittorioso dalla prova crudele.

– La vedrò all'Università – pensò per tranquillarsi – e là ella mi dirà come dovrò contenermi.

Chiuse la finestra, mise il cappello in testa e uscì. A mezza scala ricordò d'aver lasciato aperto l'uscio e risalì per chiudere.

– Adesso sono io il solo guardiano della mia casa! – esclamò con un mezzo sorriso che aveva un poco dell'amaro.

Portato dall'abitudine, andò nel centro della città e si trovò dinanzi al caffè ove soleva recarsi a prendere il vermouth o a fare una partita a bigliardo.

Un cameriere ritto su la soglia, si fece rispettosamente da una parte per lasciargli libero il passo. Ma egli fece mostra di non vedere e tirò via cantarellando, da persona che non ha fastidi.

Ma mentre cantarellava, andava pensando:

– Altro che vermouth e partite a bigliardo!... altro che caffè!

Si abbattè in una brigatella di studenti, che parlavano trinciando gesti e ridendo.

– Ohe! – gli disse uno. – Ohe, Carlo!... che vieni con noi?... si va a fare una partita alle bocce per aguzzare l'appetito!...

– Perchè no? – fece Carlo, che aveva smania di stordirsi.

Lo studente che gli aveva fatto la proposta con la certezza di un rifiuto, restò sbalordito, e gli altri si ammiccarono come a dire:

– Che novità è questa?... Carlo Morini che non ha mai preso in mano una boccia, e non è mai stato della compagnia, accetta di venire con noi? –

Carlo lesse negli occhi dei compagni i loro pensieri e soggiunse sorridendo:

– Vengo a giuocare alle bocce, e, se lo permettete, a mangiare con voi!

– Tu? – saltò su uno – tu vuoi venire a desinare alla trattoria dell'Oca con noialtri?

– Oh! non ci andate voialtri? – fece Carlo.

– Noi è un altro par di maniche!... si è corti a quattrini, noi!

– Ed io son cortissimo! – disse Carlo con indifferenza.

– Oh! oh!

– Che hai perduto al gioco?

– Che ti hanno rubato?

– Che ti ha preso l'avarizia?

– Nulla di tutto ciò!... Ieri ero ricco, oggi sono povero; mio padre è rovinato!... ma l'onore è salvo, veh!... È precipitato lui senza strascinare nessuno nella caduta. Capricci della fortuna; si era su, in alto; un giro di ruota ci ha balzati giù; e giù si sta, ma ritti, con i capelli fuori della fronte. Andiamo a giuocare alle bocce, compagni!... ho bisogno di aguzzare l'appetito!

Gli studenti si erano fatti silenziosi. La disgrazia del compagno li colpiva e li commoveva quel suo modo di dire la cosa, senza falsa vergogna, senza puerile avvilimento.

Ad un tratto uno uscì a gridare, tanto da dare sfogo al sentimento e da togliere la compagnia dal mutismo:

– Evviva gli studenti!

– E buona fortuna agli studenti poveri! – soggiunse un altro.

Si presero in mezzo Carlo e andarono fuori porta a giuocare alle bocce nel cortile d'un'osteria, sotto i platani, dalle foglie che cominciavano ad ingiallire.

Lodovico Lolli, studente in medicina, andò presso a Carlo, mentre si levava la giacchetta, e gli disse:

– Io ho quattro sorelle dopo di me e la madre vedova, che si consuma le ultime risorse aspettando ch'io sia dottore.

Rodolfo Bruni, che faceva l'ultimo anno di legge, nel consegnare due bocce a Carlo, susurrò, come se parlasse a sè stesso:

– Un po' d'allegria, Rodolfo!... presto sarà finita la vita dello studente, e bisognerà lavorare subito!... quand'uno dice povero, dice sgobbare!... ma dice anche cuor leggiero e contento! – soggiunse lanciando la boccia, che andò a battere con fracasso contro l'asse di confine.

Si cominciò la partita. Il sole scendeva attraverso le fronde de' platani segnando macchie d'oro sopra il suolo e su le giovanili figure degli studenti.

– Carlo Marini!... a te! disse il compagno della partita – Occhio, e giù! –

La boccia partì e andò a colpire di netto la più vicina al segno.

– Bravooo! – fecero tutti.

Carlo si infervorò nel gioco ed a partita chiusa si avviò con i compagni verso la città, un po' stanco dell'esercizio insolito, ma rinvigorito e nella vigorìa confortato a sperare.

Mentre stavano tutti insieme per raggiungere la porta della città, videro uscire da quella una carrozza scoperta con dentro Carla e la sua aja.

Carlo si arrestò su i due piedi e gli altri pure si fermarono.

La fanciulla fece fermare la carrozza e sporse il capo fuori per stringere la mano all'amico suo.

– Ti aspetto stasera – gli disse forte – non mancare!

E salutati tutti con un atto grazioso e confidenziale della mano, se ne andò.

Tutti sapevano dell'amicizia di Carlo con Carla e tutti avevano simpatia grande per la gentile giovinetta che frequentava con loro l'Università e con parecchi dei quali aveva fatto Ginnasio e Liceo in rispettosa intimità.

A vedere Carlo ch'era rimasto silenzioso, Paolo di Cervi, un pezzo di giovinotto giovialone e buono come il pane, gli battè una mano su la spalla dicendogli:

– Non è fortuna di tutti l'avere un'amica gentile e affettuosa come quella!... L'amicizia buona e nobile aiuta a portare i pesi più gravi!

– Bene! – fecero i compagni ridendo per quelle parole assennate.

Ma era un riso sotto il quale si capiva il piacere che uno d'essi avesse detto cosa che potesse far un po' di bene all'anima dell'amico.

Carlo lo capì, come già aveva capito che tutti quei bravi giovinotti dall'apparenza spensierata e burlona, avevano vivo desiderio di addolcirgli l'amarezza per quel repentino cambiamento di fortuna e di fargli intendere che erano lieti d'averlo con loro.

– Non avrei mai creduto che questi miei compagni ridanciani e chiassoni fossero tanto sensibili e capaci di fini delicatezze! – pensò Carlo.

E la simpatia lo rasserenò del tutto.

Giorgio Balbo entrò come un razzo nella camera di Carlo, che seduto davanti al tavolino scriveva alla luce d'una lucernetta.

– Oh! che nuove? – fece Carlo, non smettendo di scrivere.

– Sono venuto a prenderti, si va tutti insieme a teatro, è la serata del brillante.

– A teatro? – disse Carlo senza staccare la penna dal foglio – Non posso!... sono al verde!

– Abbiamo la riduzione del cinquanta per cento. Per pochi centesimi una serata allegra. Spicciati!... Si riderà a buon mercato. E si starà un po' più caldi che qui!... brrr!... che Siberia!... Andiamo, via!... Ci sarà anche la signorina Carla.

– Ci sarà Carla? – chiese con qualche calore, staccando la penna – Chi te l'ha detto?...

– Lei stessa, oggi all'Università. Ti cercava, dice che sono tre giorni che non ti vede.

Carlo aggrottò le ciglia, alzandosi da sedere.

– Perchè non l'aspetti più come una volta? – gli chiese Giorgio. – Eravate come fratello e sorella fino dal Liceo, si sa che siete cresciuti insieme, che le vostre famiglie erano intime. Quella povera signorina ci soffre a vederti così starle alla larga.

– Non è per lei, è per via del suo tutore! – mormorò Carlo, dandosi attorno per vestirsi, sempre rabbruscato.

– E per quel burberaccio di tutore, tu dài un grosso dispiacere alla tua amica d'infanzia?... Bella affezione!... – brontolò Giorgio, mettendosi a sedere sul letto del compagno.

– Insomma, certe cose tu non le capisci, non le puoi capire! – uscì a dire Carlo di cattivo umore.

– Tralarà! tralarà! – cantarellò Giorgio accavallando una gamba sull'altra. E soggiunse, così, come se parlasse fra sè e sè: – Quando uno dice orgoglio dice sospetto, ingiustizia e peggio!

– Che cosa c'entra l'orgoglio, domando io! – brontolò Carlo, mentre si faceva il nodo della cravatta ritto dinanzi alla piccola spera di sopra il cassettone.

– Oh senti! – lo ripicchiò Giorgio alzandosi e andandogli presso. – Devi sapere che faccio il mio ultimo anno di legge e che poi mi darò all'avvocatura. Ci ho una disposizione particolare per l'avvocatura, e la prima è quella di saper leggere negli animi altrui. Figurati poi se non leggo nel cuore degli amici!... E nel tuo, mio caro, in questi giorni si è ficcato un gran disturbatore, anzi un tirannello, che spadroneggia: l'orgoglio, insomma. Sì, sì, è per orgoglio che ti sei messo a star lontano da Carla; è per orgoglio che non vai più in casa sua!... Fammi pure il viso brusco, alza le spalle, ma sì! sorridi con aria di scherno, io ti ho indovinato. Hai paura che si dica, che specialmente il tutore dica, che tu pensi alle ricchezze della tua compagna d'infanzia!... Questo dubbio offende il tuo orgoglio e commetti un'ingiustizia, quasi una crudeltà, trattando freddamente quella povera signorina che ti vuol bene come ad un fratello.

– Hai finito? – chiese Carlo con la voce un po' rauca.

In quella si udì un passo affrettato su la scala ed entrò quasi subito Lodovico Lolli, piccoletto, un po' tozzo, col testone ben pettinato e la barbetta a punta.

– Presto!... andiamo, o non ci sarà più posto. Ci ha da essere un teatrone stasera! – disse.

E uscirono tutti tre.

Giù nella strada c'era la compagnia degli amici, ben intabarrati, perchè tirava il vento diaccio che spruzzava in faccia un nevischio gelato e pungente.

C'era infatti un teatrone. Carlo, con gli amici suoi, trovarono in platea appena il posto di mettersi ritti con le spalle contro il muro.

– Veh! – disse Giorgio additando un palco di fronte, al primo ordine. – Ecco là la signorina Carla con la sua aja e il tutore.

– Che bella testina intelligente! – esclamò Lolli.

– E che buona fanciulla! – saltò fuori uno studente del primo anno di matematica. – Io ho fatto il Ginnasio e il Liceo con lei. Fin da ragazzina, che portava le sottane corte e la treccia spiovente, era indulgente, gentile, senza affettazione, compiacentissima. Mai che nessuno le abbia usato uno sgarbo o le abbia mancato di rispetto!... Come adesso, tale e quale, che tutti le vogliono bene e la rispettano come una sorella. Ha sempre avuto una maniera tutta sua da impedire che in sua presenza si dicessero parole troppo vibrate o si usassero modi non perfettamente corretti. La sua presenza nella scuola ci ha fatto un gran bene a noi ragazzacci; e questo senza che noi ce ne accorgessimo e che lei capisse. Era il nostro freno e il nostro modello.

– Ssst! ssst!

La musica è finita; si alza il tendone.

Il brillante era un abilissimo attore, destava il buon umore senza mai permettersi una volgarità, faceva ridere con un tono di voce, con una mossa, con un ripicco vivace e opportuno, con un volgere di occhi sempre parlando in guisa da dilettare senza mai urtare la suscettività dei più delicati. Per questo il teatro era affollato; c'erano famiglie intiere, con giovani mammine e fanciulli e signorine. E tutti godevano largamente, ammirando nell'attore il tatto squisito, l'educazione fine.

Carla, nella pienezza della salute e nella serenità della sua anima buona, avrebbe goduto assai in quella serata, se non le avesse smorzata in cuore l'allegria l'aspetto di Carlo, che ella vedeva ritto contro il muro, con la cera rannuvolata.

Oh che mai poteva avere, che da un poco pareva evitasse d'incontrarla, di guardarla?... Quello strano contegno del suo amico d'infanzia le metteva in cuore l'incresciosità.

Egli che non aveva mai fatto così, proprio mai!... Eppure egli sapeva che ella era sola, che gli voleva bene, che desiderava la sua compagnia, che anzi aveva spesso bisogno de' suoi consigli, de' suoi incoraggiamenti nello studio!...

Perchè la lasciava così?... Che si era dato alla compagnia degli altri studenti, egli che prima stava lontano da tutti, glielo avevano detto, lo vedeva e ci aveva piacere. Era impossibile che continuasse a stare in disparte, adesso, nella sua nuova condizione di studente povero, che non aveva più una casa propria, nè cavalli nè carrozza che occupassero il suo tempo!... Ma... non avrebbe voluto che il diletto dello stare con i compagni lo staccasse da lei, che trattandosi di amicizia, doveva essere la prima nel suo cuore.

Un fragoroso applauso spezzò il filo dei pensieri di Carla. Perchè applaudivano?... Non era stata attenta, ecco. E adesso calava il tendone. Nell'intermezzo Carlo avrebbe ben dovuto andare a farle una breve visita.

Lo guardò; egli pure la guardava. I loro occhi s'incontrarono; c'era della preghiera in quelli della fanciulla, della forzata freddezza in quelli del giovine.

– E così? – le disse ad un tratto il tutore – ti piace?

– Molto! – rispose distrattamente Carla.

– Ah bello! bellissimo – esclamò l'aja. – Non ho mai sentito un brillante così fine, così elegante!

– Là, c'è Carlo Morini! – disse Carla additando l'amico suo al tutore.

– Perchè non viene in palco? – chiese un po' bruscamente il tutore, che aveva notato il nuovo contegno del giovine e gli dispiaceva, perchè ci vedeva sotto qualche cosa, lui. E avrebbe voluto che la relazione fraterna fra la sua pupilla e il giovine studente, fosse continuata come prima; perchè, secondo lui, era naturale che due ragazzi cresciuti insieme si vedessero spesso e desiderassero di trovarsi l'uno in compagnia dell'altro; mentre era poco naturale, sempre secondo lui, che al giovinotto avesse preso il capriccio di stare lontano e di avere l'aria imbroncita. – Perchè non viene in palco? – ripetè.

Carla avrebbe voluto fare un piccolo cenno di invito all'amico suo; un cenno piccolo piccolo, che nessuno se ne accorgesse. Ma non osò e disse allo zio: – Avrà paura di essere importuno!... Se lo invitassi tu, zio?

Il tutore prese il cappello e uscì dal palco. Egli doveva avere proprio paura che il contegno del giovine nascondesse qualche sentimento che a lui non sarebbe andato punto a sangue e per togliersi dal cuore quel dubbio, scese in platea, si avvicinò a Carlo e gli disse: – Il signorino è aspettato là! – e additò il palco. – Perchè non vi è già andato, trattandosi di far visita a una fanciulla, che è... come se fosse... sua sorella?

Carlo passò dalla sorpresa a un certo dispetto. Perchè il tutore di Carla calcava la voce su quel «sua sorella?».

Lo guardò in faccia strizzando un poco gli occhi, come a dire: – Che cosa si intende di dire?... Capì che il signore aveva compreso; lo vide arrossire leggermente, godette un momento del suo imbarazzo, poi, con un leggiero cenno di saluto, lo piantò e andò da Carla.

Questa lo ricevette con così schietto piacere, senza manco una parola di rimprovero per la sua strana maniera di un po' di tempo, che il giovine si sentì in cuore il rimorso per la sua condotta. No, egli non avrebbe mai dovuto sacrificare l'amicizia di quella cara e generosa fanciulla alle sue suscettività!... Aveva avuto ragione Giorgio di rimproverarlo.

Ed ora, per riparare al dispiacere recato a Carla, e forse anche per mostrare al suo tutore ch'egli la trattava come una sorella, proprio come una sorella, si mostrò di buon umore, parlò con l'aja, rise con lei e con la fanciulla, tanto che Giorgio che lo guardava dalla platea, ebbe a dire fra sè e sè: – Così va bene!

Anche il tutore, rientrando nel palco, esclamò in cuor suo come Giorgio: – Così va bene!... sorella e fratello! sorella e fratello!

E si unì al chiacchierio e rise anche lui, al modo che può ridere un uomo il quale vive di cifre e che nel cielo azzurro vede numeri invece di stelle.

Con l'amico suo vicino, Carla godette dello spettacolo sino alla fine.

E come il tendone calò per l'ultima volta ed uscirono tutti, prima di salire in carrozza, stringendo la mano a Carlo, la fanciulla gli raccomandò che andasse da lei il domani; aveva bisogno di certi schiarimenti riguardo ad una lezione di filosofia che non aveva ben compreso.

Carlo si trovò subito fra gli amici, che discutevano sul valore della commedia e su l'abilità del brillante.

***

Il vento aveva spazzato le nuvole, e la luna batteva la sua luce smorta su le vie della città. Era una serata freddissima e splendida.

– Si va a prendere il punch? – propose Rodolfo Broni.

Con quei strizzoni di gelo, tutti sentivano il bisogno di mettersi nello stomaco qualche cosa di caldo e assentirono.

All'infuori di Lodovico Lolli, che si scusò; egli doveva recarsi subito a visitare un malato, un poveretto che abitava in soffitta, nella casa ove egli ci aveva la camera. Oh, un caso pietoso!... Un povero uomo, solo soletto, che viveva facendo lo strillone di giornali per le strade, e che ora giaceva a letto da una settimana in causa di una caduta sul ghiaccio. E non ci aveva il becco d'un quattrino, povero disgraziato!... E guai a lui se non l'avesse aiutato una povera vecchia vicina di stanza e... se... e... se...

Restò imbarazzato non sapendo come riempire quei se, che gli erano sfuggiti senza che se ne avvedesse.

– Ecco spiegato! – fece Broni con la voce un po' commossa.

– Burlone, burlonaccio! – disse un altro giovinotto afferrando Lolli per un braccio. – È per questo che da una settimana ti ha preso la smania di rimpinzarti di maccheroni mal conditi e di annaffiarli d'acqua pura?

– Sei matto! – lo rimbeccò Lolli, mortificato.

– Lodovico!... io vengo con te a visitare lo strillone malato! – disse un altro studente di medicina.

– Fra due medici in erba si capirà meglio! – soggiunse.

– Verrei volentieri anch'io! – uscì a dire Carlo – Non ho mai visto le soffitte.

– Beato te! – esclamò Lolli – Ci sono certe miserie che noi altri non si suppongono neppure!

– Io propongo una cosa! – saltò su Broni – Si rinunci al punch e si raccolgano i quattrini per il malato di Lolli; che possa, povero Lolli, rinunciare dimani alla gioia dei maccheroni annaffiati con acqua pura!

– Accettato! – risposero tutti ad una voce.

I quattrini furono raccolti e consegnati a Lodovico, che li incartocciò nel giornale che aveva in mano, e disse: – Bravi ragazzi!... questo fa meglio del punch!

I bravi ragazzi si sbandarono chi qua, chi là, ciascuno alla volta della propria abitazione, e Lodovico con l'altro studente di medicina e Carlo Morini andarono dal povero strillone infermo.

No: Carlo non si sarebbe figurato mai, come al di sopra d'un quinto piano, per una scaletta ripida e buia, si arrivasse in un angusto corridoio dagli usci che davano in povere, chiatte stanzucce di sotto il tetto!... E quando entrò nella cameruccia ove giaceva il malato, ebbe una violenta stretta al cuore. Come mai si poteva vivere in una stanza simile, che in certi punti bisognava chinare la persona per non cozzare il capo contro il soffitto?... E con la finestruccia che dava aria e luce, su in alto, che si doveva montare su una sedia per aprire e chiudere i vetri?

Il malato giaceva nel suo lettuccio, povero ma pulito, dalla coperta di cotone a scacchi bianchi e turchini.

La vecchia vicina, di cui aveva parlato Lolli, un po' sorpresa da quell'invasione, si affannava per avvicinare le sedie e si scusava mormorando: – Siamo povera gente noi! e non c'è troppa roba in casa!

Intanto Lolli e l'altro studente in medicina, visitavano il malato, che non aveva nulla di grave, ma che era obbligato al letto.

Quando Lolli sciolse il cartoccio e consegnò il poco danaro al malato che non finiva di ringraziare, Carlo si sentì arrossire. Gli faceva pena di sentirsi dir grazie per pochi quattrini; quasi ne era mortificato. Oh se avesse potuto disporre come prima d'una grossa mesata!... E dire che allora, quando era ricco, non ci pensava che vi potessero essere dei poverelli, dei malati bisognosi di soccorso!...

Con la mano in tasca, toccava e ritoccava il portafogli nel quale era giusto appena appena il necessario per finire il mese.

– Ha bisogno di nutrimento! – sentì che diceva Lolli al compagno – ha bisogno di carne e di un po' di vino!...

– Senza carne e senza vino egli è pur stato una settimana quell'ottimo Lolli! pensò Carlo. – E – soggiunse sempre fra sé – si può vivere a maccheroni e ad acqua fresca per alcuni giorni senza cadere in languore.

Trasse bravamente il portafogli, ne levò dieci lire e porgendole alla vecchia: – Comperate carne e vino per il malato! – disse sottovoce.

Ma fu udito. E il malato tiratosi a sedere sul letto: – Che Iddio lo benedica, signorino! – mormorò – e soddisfi al suo desiderio più grande.

Uscendo da quella camera, i tre giovani cercarono invano di scherzare e dire barzellette. Erano commossi dalla miseria veduta e anche dalla dolce e sempre un po' melanconica soddisfazione di aver recato conforto a un proprio simile!

***

Carlo se ne andava zufolando alla volta dell'Università, quando si vide venire innanzi la governante di Carla, che levò dal manicotto una lettera e gliela porse, salutandolo.

Era la scrittura dell'amica sua. Perchè mai gli scriveva se si erano veduti la sera prima?... Si fermò sotto un portone, aperse e lesse. Era una pagina di scritto e diceva così:

«Mio caro amico,

«Sono qui desolata, mortificata e peggio. Qualcuno deve aver montato la testa al mio tutore, oppure se l'è montata da sè. Figurati ch'egli non vuole più saperne ch'io frequenti l'Università e che... e che mi ha proibito di ricevere te in casa mia. Mi sono lagnata, ho pianto, ho fatto una scena!... Ma lui non si è lasciato smuovere. Dopo d'aver espresso la sua volontà a me e alla governante, prese tranquillamente il giornale in mano e non si occupò d'altro. Che fare, Carlo, che fare?... Posso io ribellarmi al mio tutore?... Oh se non fossi minorenne!... Ma lo sarò ancora per due lunghi anni. E intanto conviene rassegnarsi e aspettare. – Io ho piena fiducia in te, amico mio; abbine tu altrettanta nella tua

Carla».

Il povero giovine lesse tre volte di seguito la lettera, stette un momento sopra pensiero, poi si mise in tasca il foglio e riprese la via, in quello stato d'intontimento in cui ci mette di solito una cosa inaspettata.

Carla non sarebbe più venuta all'Università?... Egli non sarebbe più andato in casa sua?... glielo proibivano. Bisognava rassegnarsi!.... Era Carla stessa che glielo scriveva. Sicuro! bisognava rassegnarsi!... Oh ella era mille volte più saggia di lui, poichè aveva subito trovato la maniera di piegarsi ai voleri del tutore. Rassegnarsi! Sicuro, rassegnarsi!... e tirar via nello stato di rassegnazione per due begli anni. Due anni!... una bagattella!... due anni senza parlarsi, forse anche senza vedersi!... E lei si rassegnava.

Nell'animo gli andavano bollendo due sentimenti: il dolore e l'ira; ma non riusciva a distinguere l'uno dall'altro, li confondeva insieme e davano al suo volto un'espressione ironica.

– Rassegniamoci! – concluse. – E... sopratutto non cerchiamo più di parlarle nè di vederla!... Ciò la potrebbe mettere in urto col suo tutore: ed ella è una fanciulla obbediente che non vuole ribellarsi!... Va bene! va bene! ho capito! – concluse entrando sotto il portico dell'Università.

Gli si fece incontro Giorgio Balbo, che lo guardò e:

– Che faccia stralunata che hai! –

– Davvero? – rispose Carlo sorridendo. E fecero alcuni giri insieme.

S'imbatterono in un compagno che camminava dinoccolato, col naso in aria e il cappello su la nuca.

– Veh Pedretti! – fece Giorgio. – Scommetto che ha passato la notte al caffè, a giuocare!... Guarda che faccia ha!... Ohe! – gli disse fermandoglisi davanti. – Non si salutano gli amici?

– Toh! Carlo e Giorgio!... Buon giorno a voi!... Non vi avevo conosciuti!

– Sfido io!... vai intorno cogli occhi alla soffitta!

– Casco dal sonno, cari miei!

– E invece di andare a scuola vai a dormire?... Ah, incorreggibile scapato! – fece Giorgio fra il serio e lo scherzoso.

Pedretti sorrise, zufolò e tirò via.

– Ecco una vittima del giuoco! – osservò Giorgio – orribile abisso che inghiottisce tutto; quattrini, salute, ingegno!...

– Così inghiottisce anche i dispiaceri! – si lasciò scappar detto Carlo.

Giorgio si fermò su i due piedi e guardando l'amico: – che hai? –– gli chiese.

– Ho – rispose Carlo, infilando il braccio in quello dell'amico – ho, che penso di diventare uno scapato anch'io, poichè... poichè sono tenuto in conto di un poco di buono!... Sì!... mi tengono in conto di un poco di buono!... O non mi proibiscono di entrare nella casa della mia amica d'infanzia?

E si disfogò mostrando tutta l'amarezza dell'animo suo, e mal celando con parole ironiche, il dolore che lo torturava.

– E Carla? – chiese Giorgio con interesse, commosso dallo stato in cui si trovava l'amico.

– Carla – rispose ridendo di un riso amaro il giovinotto. – Ella si rassegna e consiglia a me pure la rassegnazione. Toh! leggi!

E gli diede la lettera.

– Che affezione eh?... che forte affezione!... – mormorò a denti stretti, come Giorgio ebbe scorso il foglio e lo ripiegava.

– Ma... mi rassegnerò, non dubiti!... mi svagherò, mi butterò anch'io alle distrazioni come tanti altri! come Pedretti!... Uno scapato!... Voglio essere uno scapato!... così sarà giustificata la disistima del signor tutore, e così lei si rassegnerà ancora più facilmente! Ah! ah!

Si fermò e disse al compagno:

– Stasera c'è una bicchierata all'osteria dell'Oca!... Ci vieni?

– No! – gli rispose Giorgio. – Sai che non bevo, e neppure tu non bevi!

– Bisogna pur cominciare! – disse Carlo.

Giorgio scosse il capo. – Non è necessario cominciar a far delle sciocchezze! – balbettò di mal'umore. Ma cambiò subito tono e soggiunse: – Quando ti incontrai, dianzi, volevo chiederti un favore!

– A me?

– Si, a te!... Ed era che tu accettassi di venire a passare la sera in casa mia. Si festeggia l'anniversario di mia nonna: il settantesimo; una festicciuola intima; io, pochi parenti e alcuni amici. Mia nonna da un pezzo desidera di conoscerti.

La nonna di Balbo era una delle signore più colte, più ricche e aristocratiche della città. Essere ricevuto in casa sua era un onore.

Carlo capì tutta la squisita delicatezza di quell'invito. L'amico suo voleva addolcirgli l'amarezza della proibizione del tutore di Carla; voleva impedirgli l'avvilimento, strapparlo al passo pericoloso d'una serata pazza.

– Verrai? – chiese Giorgio con accento indifferente, accendendo una sigaretta.

Carlo strinse la mano all'amico; gliela strinse forte, guardandolo con gli occhi lustri e accennò di sì col capo.

Stettero un momento in silenzio.

– Carla non è da biasimarsi! – uscì a dire Giorgio. – È una fanciulla prudente e saggia.

– Troppo! – disse Carlo con l'espressione del volto.

– Sì; è prudente e saggia! – ripetè Giorgio. – China il capo alla volontà del suo tutore per necessità delle cose, forse per il meglio. E... e... in fin de' conti non è giusto giudicare male d'una persona che si conosce e si stima fino dall'infanzia!... non è giusto dubitare di un'amicizia di cui si ebbero tante e tante prove!

Carlo a queste parole, dette con accento vibrato, sentì riscaldarsi il cuore. Come gli facevano bene quei rimproveri!... Come si confortava sentendo difendere l'amica sua contro sè stesso.

****

Il palazzo di Carla era chiuso da tre mesi. Dopo la lettera che lo aveva così bruscamente colpito, Carlo non aveva più veduto la sua amica d'infanzia. Ella era partita alcuni giorni dopo, senza scrivergli un addio; nulla.

Giorgio Balbo cercava di smorzargli in cuore il ribollimento per quella improvvisa partenza, quasi una fuga. Per certo la povera fanciulla aveva dovuto cedere al volere di suo zio; acconsentire a quella partenza senza il permesso di avvertire lui, di mandargli un saluto.

Dov'erano andati?... Nessuno lo sapeva. In città si buccinavano di molte cose. Che lo zio vagheggiasse un matrimonio fra la pupilla e un suo nipote; che egli stesso, il vecchio tutore, pensasse di indurre Carla a sposarlo, per non lasciarsi sfuggire di mano il patrimonio. Ma, a proposito del patrimonio, certuni di quelli che stanno a balzello dei fatti altrui, andavano susurrando al terzo e al quarto, che quel lasciare lì per lì la città ci aveva le sue buone ragioni. Lo zio tutore sapeva lui, ma sapevano pure altri, che avevano mano negli affari. Alle volte la smania di ingrossare il gruzzolo chiude la porta del buon senso; non era raro il caso di gente ricchissima rimasta all'asse da un dì all'altro; spesso chi raggiunge una sommità, resta abbagliato, fa passi falsi, e giù a precipizio; giù ove li aspetta il patatrac!...

Questo ed altro si andava dicendo; ma sotto voce; come di cosa vaga, che serbava tutt'ora l'aria di maldicenza oziosa.

La cosa cominciò a prendere corpo il giorno in cui venne a conoscenza di tutti che il palazzo di Carla era venduto. I nuovi proprietari erano forestieri, gente di campagna che venivano a stabilirsi in città. Prendevano possesso della casa subito, dopo pochi giorni. Il palazzo era stato venduto con tutto il mobilio, all'infuori dei mobilucci della camera da letto e del salottino di Carla, che dovevano essere portati alla villa, fuori di città.

Quando queste notizie giunsero all'orecchio di Carlo, fu uno stupore doloroso per il povero giovine, che si smarriva in supposizioni e congetture.

Il pensiero che il palazzo dell'amica sua fosse venduto lo feriva al cuore. Egli sapeva che cosa fosse essere scacciati dalla casa ove si è vissuti nell'affetto, ove si sono sofferti i primi dolori!... Come lui, Carla non sarebbe più entrata nella camera ove era morta sua madre!... quelle stanze che racchiudevano tanti ricordi le sarebbero ormai state chiuse per sempre!... – Povera amica! –

mormorava fra sè. E dentro gli si andava spegnendo fino all'ultima favilla lo sdegno che spesso gli bruciava il cuore!... Avrebbe voluto vederla quella povera fanciulla; confortarla come un fratello!... Sì, come un fratello!... Oh non l'avrebbe per certo seccata col chiederle conto dei suoi sentimenti a di lui riguardo!...

Si era nel mese di giugno, il cielo era smagliante; le piante in fiore profumavano l'aria. C'era per tutto la gaiezza che viene dalla muta, forte simpatia fra ciò che è giovine, bello, lieto di speranze e di desiderii inesplicabili.

Dalla finestra della sua cameretta, Carlo colle braccia incrociate su lo sporto guardava giù il fiume scorrente sotto il sole d'oro, fra le sponde ora verdi e fiorite, ora folte di alberi rigogliosi dal fogliame cupo. Guardava distrattamente, col pensiero lontano.

– Dove sarà Carla? – andava chiedendo all'aria, ai passeri cinguettanti, all'acqua che scintillava come se sorridesse alla calda carezza dei raggi del sole.

– O dove sarà Carla?... che cosa farà?... Che cosa succederà di lei, in balìa del burbero tutore?

Le domande gli martellavano il cervello fino a dargli un senso di indolenzimento fisico.

Volle imporre una diversione ai pensieri; si ritrasse dalla finestra, sedette al tavolino per stordirsi nello studio.

Aperse un fascicolo di filosofia e tentò di cacciarvisi a capo fitto. Ma solo gli occhi obbedivano alla sua volontà; la mente si ribellava alla soggezione; sfuggiva al freno, correva, volava lontano!

S'impazientì contro quella mancanza di autorità di sè su sè stesso, e si rituffò nella filosofia scegliendo apposta una astrusità.

Un raggio di sole venne improvvisamente a battere su la pagina che gli stava dinanzi e lo abbarbagliò.

Anche il sole ci si metteva adesso!... anche il sole!... come se non fosse bastata l'altra distrazione!

Non era il momento della filosofia, quello!... bisognava lasciare in pace lo studio, dar vacanza alla mente per quel giorno!...

Era meglio che uscisse a fare due passi!

Si calcò il cappello in testa e scese.

Per le vie era un brulichio di gente, che la primavera scovava dalle case, e chiamava fuori al tepore dell'aria aperta, all'allegria dei giardini, dei bastioni, della campagna al di là delle porte della città.

Carlo infilò a caso una via e andò per quella, stringendo fra le labbra un mozzicone di sigaro, le mani in tasca, il cappello un po' indietro, tanto che i riccioli bruni uscissero liberi a incorniciargli la fronte intelligente.

Camminava per il gusto di muoversi senza scopo. E si trovò, quasi senza avvedersene, dinanzi al palazzo di Carla. Sotto la porta aperta era un barroccio, sopra il quale due facchini andavano mettendo a posto della roba.

Carlo si trovò, spinto da subita curiosità, presso il barroccio. Ebbe una stretta al cuore. Quella roba egli la conosceva. Erano i mobilucci dello studiolo dell'amica sua. La piccola scrivania intarsiata, elegantissima; le poltroncine, il divano minuscolo coperti di velluto turchino smorto; il pianoforte, le piccole scansie, i quadri, le statuette. Ecco; un facchino posava allora un ritratto; il ritratto della mamma di Carla!...

– Fate piano! – si trovò a raccomandare ai facchini. – Badate che non si sciupi nulla!

Si avvicinò ad uno di quegli uomini in blusa e gli chiese dove dovevano portare quella roba. E seppe che doveva essere subito trasportata alla villa di Carla, fuori di città.

Stette a vedere posare ogni cosa sul barroccio; egli stesso diede mano ad avvolgere quadri e statuette e gingilli in coperte e canovacci.

Poi, come il barroccio si mise in moto, corse alla sua camera e prese la bicicletta; giù nella via vi montò sopra e via come il vento a mettersi di pari al barroccio, che un ronzino strascicava lentamente.

Voleva badare a ciò che nulla fosse guastato degli oggetti di Carla, che tutto arrivasse appuntino. Voleva assistere lui allo sgombero di quelle stanzucce forse salvate dalla ruina!

O non era suo diritto, poi che nessuno era là a dare un'occhiata?... Quei mobilucci egli li conosceva fino dall'infanzia. Quante volte non era stato a sedere sul piccolo divano con Carla vicina, a sfogliare insieme libri e album, a raccontarsi l'un l'altra le fole!... Allora c'erano ancora le loro mamme, che si volevano tanto bene!...

Oh che begli anni erano stati quelli!...

Il ronzino camminava tanto lentamente che non era una pena stargli di pari. Carlo guardò nel barroccio se tutto era a posto, poi fece una volata fino al gruppo di platani, che ombreggiavano bel tratto di prato, verso la strada maestra,

Là giunto scese dalla bicicletta e sedette su l'erba ad aspettare il barroccio, che veniva lentamente dal fondo della strada, avvolto in una nuvola di polvere.

Sorrise al barroccio che la polvere avvolgeva, portato repentinamente a un'avventura d'infanzia. Come allora, egli, un ragazzino di dieci anni, stava ad aspettare seduto sotto un folto di alberi, in un prato vicino alla sua casa di campagna. Aspettava Carla che doveva arrivare nella sua carrozzella, guidando lei stessa i due ciucciarelli, sardi, ch'erano una bellezza di bestiole.

Quando la carrozzella era apparsa in fondo allo stradone, egli era corso ad incontrarla. Ecco; egli la vedeva come se l'avesse avuta dinanzi, la bella fanciullina tutta sorridente, fare sforzi e gridare ai ciuchini il suo comando perchè si fermassero. Ma i ciuci, vispi di gioventù e pazzi di libertà, dopo molti giorni di stalla, non obbedivano alla vocina gentile; anzi acceleravano la corsa, scuotendo allegramente le sonagliere delle redini rosse. E lui, poveretto, a correre, affannandosi per raggiungere la carrozzella gridando a tutto spiano alle bestiole vivaci: «Ferma! ferma!...» Egli correva ancora sullo stradone polveroso che Carla era già arrivata e gli andava incontro gridandogli che si arrestasse, che non si scalmanasse tanto!...

Com'era bella quella fanciullina nel suo semplice vestito bianco, col cappelluccio di paglia in testa!... E com'era buona e gentile!... Con che affetto gli aveva asciugato il sudore dal volto con la sua piccola pezzuola profumata!... Quante dolci parole gli aveva susurrato per fargli dimenticare la fatica e il dispettuccio di quella corsa!...

Sempre, sempre, Carla era stata buona con lui. Egli la conosceva così bene, che gli bastava di guardarla negli occhi per leggerle in cuore. Aveva avuto torto di dubitare del suo sentimento!...

Certe affezioni sorte nei primi anni, benedette dal sorriso materno, santificate dall'innocenza, non possono dimenticarsi, non possono languire!...

Il ronzino era arrivato. Carlo saltò su la bicicletta e fece una nuova volata fino alla villa, tutta chiusa. Quella casa disabitata, in mezzo al rigoglìo delle piante, allo sfoggiato fiorire dei fiori, dava un senso di tristezza.

Il grosso Terranova, guardian della villa, si fece al cancello abbaiando rumorosamente. Ma cessò subito di abbaiare, e scodinzolò guaiendo di piacere alla vista di Carlo, che riconosceva. I pavoni, a vederlo, volarono giù dalla torricella della villa e gli si fecero incontro, facendo la ruota, come a festeggiarlo.

Carlo si sentì inumidire gli occhi. Tirò il campanello e apparve la moglie del guardiano, fece le grandi meraviglie vedendolo e gli chiese della padroncina che per certo egli doveva sapere dove fosse, che cosa facesse. Era da tanto che non si avevano notizie della signorina!... O che stava per tornare poichè il suo uomo aveva avuto l'ordine di ricevere certo mobiglio che doveva venire dalla città?...

Carlo dovette confessare che non sapeva nulla della signorina, a grande dispiacere della buona donna, che più non sapeva che cosa pensare; proprio più non sapeva che cosa pensare!

E intanto apriva la villa e faceva entrare il giovine signore, che riposasse e desse un'occhiata alla casa, ch'ella teneva sempre pronta per l'arrivo dei signori!

Carlo fece il giro della villa con un senso di melanconia che non poteva vincere. Poi uscì in giardino e si trovò nel posto ove molto tempo prima egli era corso a leggere a Carla la lettera in cui il suo babbo gli dava notizia della sua rovina. Povera, cara fanciulla!... Come aveva cercata ogni maniera per consolarlo, per infondergli coraggio!...

Si pose a sedere su la panchetta e si asciugò due lagrime che gli docciavano su le guancie. Il grosso Terranova gli si fece intorno guaiendo, crucciato da quella tristezza; poi gli posò le zampe anteriori su le ginocchia e lo guardò con gli occhioni intelligenti, mandando fuori una voce che aveva del gemito e della preghiera.

– Oh! povera bestia!... fedele amico! – disse Carlo, interpretando quel gemito. – Tu vorresti sapere dove sia la tua padroncina?... E lo chiedi a me?... A te pure pare naturale ch'io lo debba sapere eh?... Ma io non so nulla! nulla!...

E il desiderio vivo di sapere qualche cosa di lei, della quale lì tutto parlava, gli mise in cuore una tale pietà per sè stesso, in quel momento così angosciosamente solo, che pianse davvero, come quando era un fanciullo.

Ma allora una vocina gentile lo consolava, e due manine delicate gli asciugavano gli occhi. Adesso poteva piangere a sua voglia; nessuno era là per dirgli una parola di conforto!...

Il cane, impietosito da quel dolore, si era accucciato ai piedi del giovine amico, e col muso fra le zampe, steso sull'erba stava in atteggiamento di creatura mortificata della propria inutilità.

Il ronzino arrivò in quel punto dinanzi al cancello.

Carlo ingoiò il singhiozzo, si cacciò indietro i capelli dalla fronte con un brusco movimento del capo, si alzò cercando di far violenza alla propria emozione, parlando di speranza al cane.

– Eh! bravo amico!... niente malinconie!... Su! animo e allegri!... Carla tornerà!... hai capito?... Carla tornerà!... E si sarà contenti come prima!... Oh là!... vecchio amico!... Su, allegri!.

Il cane, confortato, spiccava salti, abbaiava a scatti, fregava il muso contro le gambe del giovine.

Il barroccio entrò; il mobiglio fu portato nell'atrio.

Carlo stette a vedere che tutto fosse posato con cura; che nulla si guastasse. Accarezzava con gli occhi quei mobilucci gentili. Un momento che si trovò solo, si chinò in fretta sopra un piccolo telaio ove era disteso un ricamo avviato dalle mani di Carla e lo baciò furtivamente, arrossendo senza saperne il perché.

In un vasuccio elegante un fiore di ciclamino era essiccato sul gambo che si piegava su le foglie vizze.

Carla aveva l'abitudine di tenere su la scrivania una piantina in fiore e ne aveva gran cura. Quel ciclamino era l'ultimo fiore che aveva adornato il suo piccolo scrittoio!... Il giovine studente strappò dalla terra la piantina morta e se la mise nel taschino.

La sera calava placida e stellata, quando Carlo risalì su la bicicletta e rifece la via di ritorno.

Per lo stradone era un dolce silenzio, rotto appena dal gorgheggio dell'usignolo. Qualche contadina, in ritardo, rincasava con gli attrezzi in ispalla.

Carlo divorava la strada; infilò la porta della città, guizzò per le vie, fu a casa in meno di mezz'ora.

In camera l'aspettavano Giorgio Balbo e Lolli, che sedevano alla finestra fumando tranquillamente.

– Urrà! – fece Lolli, all'entrare dell'amico. – O dove si corre invece di desinare?

Balbo era stato inquieto a sentire che non l'avevano visto alla solita trattoria, coi soliti compagni.

L'aveva creduto ammalato ed era venuto a vedere. Che diavolo di bizzarria l'aveva preso di star fuori a correre le vie in bicicletta fino a quell'ora?...

Aveva voglia di muoversi?... Aveva fatto una volata igienica?

– Davvero?...

Giorgio Balbo guardava negli occhi l'amico suo, mentre egli scherzava su quel ritardo.

– Non è vero nulla! – balbettò infine. – Tutte scuse!... tu hai avuto delle emozioni; te lo vedo in faccia.

– Parola di medico in erba!... Carlo, tu hai avuto delle emozioni!... Ha ragione Balbo – soggiunse Lolli.

Carlo ci aveva il cuor pieno. Non riuscì a negare; non si provò neppure di farlo.

– Scommetto che si tratta di Carla! – disse Balbo.

Solo a quel nome uscì un singhiozzo dalla gola del povero giovine. E disse tutto, smanioso di confortarsi se non altro con uno sfogo.

La commozione vera e fraterna che vide sul volto degli amici lo confortò. Si sentì alleggerito come d'un peso che gli stava greve sul cuore.

Acconsentì ad uscire, a mangiare un boccone.

– E domani all'Università! – fece Giorgio –salutandolo, a notte fatta. – Il lavoro e il dovere sono i rimedi migliori quando si tratta di pene morali!

***

Lodovico Lolli aperse l'uscio con impeto e precipitò nella camera ove Carlo scriveva. Saltò sul letto, poi sul cassettone, poi su le sedie che scricchiolarono, infine si piantò ritto sul tavolino d'angolo. Si sarebbe detto uno scimmiotto ammattito.

Carlo, sorpreso e seccato da quel tramestio, guardò l'amico con cera brusca, esclamando con gesto espressivo: – Ma... dico eh, che la ti gira?...

– Dopo la disfogata, due minuti di riposo! – rispose Lolli di sul tavolino.

Riebbe il fiato, tossicchiò e uscì a dire: – Novità!

– Fuori! – fece Carlo – fuori la novità!

– La signorina Carla è tornata!

– Sei matto?... – chiese il giovine impallidendo e alzandosi di scatto.

– Non mi credi? – brontolò Lolli saltando dal tavolino. Si calcò in testa il cappello e con aria da grande uomo offeso, infilò l'uscio.

– Ma no!... ma no! – gli gridò dietro Carlo. – Che cosa ti piglia?... fermati!

E uscito lui pure, l'afferrò per un braccio e lo trasse dentro.

Lolli si pose a sedere sul letto, con le gambe penzoloni e prese a guardare il soffitto, facendo lo gnorri.

– Di' su! – disse Carlo con accento d'impazienza.

– Mi credi o non mi credi?

– Ma ti credo sì, sì, sì!... Di' su, spicciati!

– La signorina Carla è tornata – canticchiò Lolli.

– Questo l'hai già detto!... Io voglio sapere dove, quando, con chi era, che aspetto aveva, se ti ha chiesto di me... se...

– Mi credi o non mi credi? – ripetè Lolli cocciuto nel far l'offeso.

– Va' al diavolo! – si lasciò scappar detto Carlo. Ma si pentì tosto dell'impazienza. E raddolcendo la voce e spianando la fronte: – Da bravo, Lodovico, di' su!... Non vedi che sono in angustie!... non capisci nulla tu, maledetto zuccone?

Aveva cominciato con accento mite e finiva con una sfuriata!

Ma questa volta Lolli diede in una larga risata e raccontò subito, in fretta, precipitosamente.

Egli aveva incontrato la signorina Carla, quella stessa mattina, in una via della città; con lei era la solita spilungona della governante.

La signorina Carla aveva ottimo aspetto e gli parve anche di buon umore, perchè sorrideva, parlando animata con la compagna. Egli aveva appena avuto il tempo di levarsi il cappello; ed ella gli aveva risposto con un leggiero inchino e una occhiata d'amicizia. Si capiva che non aveva tempo di fermarsi; guizzava via frettolosa. Per certo doveva andare in qualche posto che le premeva.

In questo punto Lolli dovette fermarsi. Si bussava.

– Avanti! – fecero tutti due insieme.

L'uscio fu spinto dolcemente e apparve Carla con la governante. Aveva il volto raggiante di gioia; porse le mani al giovine, e gli disse con smania prepotente di comunicare una fausta novella:

– Carlo!... Sono povera anch'io!... sono povera anch'io!...

A Lolli pareva di sognare. Tutta quella gioia per annunciare la povertà?... Si tolse dal letto, strinse la mano alla signorina e all'amico, s'inchinò alla governante e uscì. Una cosa così fatta a lui tornava strana e se ne andava. Poi aveva capito che sarebbe stato di più; bastava la governante, che diamine!...

Carlo pareva intontito dalla sorpresa; guardava l'amica sua negli occhi, le serrava le mani; finì col lasciarsi sfuggire due grosse lagrime che intenerirono la fanciulla. E stettero un momento silenziosi. Poi Carla riebbe il sorriso e l'espressione di contento, e raccontò. Sicuro! ell'era ormai povera!...

Di tutta la ricchezza non le restavano che la villa e alcune fattorie!...

E lo zio?... Ah pover'uomo!... non lo si doveva condannare!... Egli aveva sognato di vedere lei, sua nipote e pupilla, ricchissima, come nessun'altra signorina dei dintorni. E aveva rischiato grossi capitali per l'ingordigia di raddoppiarli. Non lo si doveva incolpare, povero uomo!... Adesso si era ritirato nelle sue terre a rodersi di delusione e di stizza!... Egli aveva voluto il troppo e il troppo storpia!... Bisognava lasciarlo in pace, bisognava!...

Lei era contenta di essere povera; ciò non l'allontanava dal suo amico d'infanzia!... Non era quella una grande fortuna?... la unica che ella desiderava?...

– Oh Carlo! – finì per confessare. – Come mi sono parsi lunghi questi mesi!

Il giovine lasciava dire a lei senza interromperla, serrato alla gola da una commozione violenta.

– Ma ora sono tornata – soggiunse allegramente – e starò sempre vicina a te. Il palazzo è venduto; ma mi resta la villetta e in quella vivremo io e questa ottima signora che non mi vuol abbandonare.

E qui scoccò un bacio su la faccia scolorita e insignificante dell'aja.

Parve accorgersi allora soltanto che Carlo non aveva ancora spiccicato parola; lo guardò con subita espressione di inquietudine e con voce un po' rauca, gli chiese: – Che cos'hai?...

A quella domanda, il nodo che serrava la gola al giovine si sciolse in un singhiozzo. Sedette davanti alla scrivania, piantò i gomiti su questa e lasciò libero sfogo alla commozione.

E poiché Carla gli si faceva d'intorno inquieta, chiedendogli mille perchè, finalmente uscì a dire: – Amica mia!... tu sei troppo buona con me!...

Quelle, erano lagrime di riconoscenza, di gioia. Come si era sentito solo in quel lungo tempo di separazione!... Come i giorni gli erano sembrati interminabili!... Ma adesso tutto era passato. Ella era tornata, era lì, a lui vicina; la povertà li riavvicinava.

– Oh benedetta la povertà! – si lasciò scappar detto. Ma pensò a suo padre, tanto lontano e intento a riparare ai disastri patiti e soggiunse: – Benedetta la causa, qualunque essa sia, che ci ha riuniti!...

Tornarono tutti e tre alla villetta. Si doveva pranzare là riuniti, da fedeli amici che si ritrovano dopo molto tempo.

Quella fu una passeggiata deliziosa.

Per l'aria azzurra il sole mandava gli ultimi guizzi de' suoi raggi, che poi si confondevano giù giù in fondo in una striscia rossa. Il fieno appena falciato e raccolto in mucchi nei prati, odorava forte. Su fra le piante volavano ad appollaiarsi i passeri con assordante ciangottio.

Carla voleva sapere mille cose. E dell'Università, e del tale e tal'altro professore, e dei compagni.

E Carlo informava; diceva di sè. Egli aveva lavorato assai; sperava di riuscire negli esami; sperava nella laurea. E quando sarebbe stato dottore in filosofia e lettere... professore!...

– Allora – saltò su Carla –aiuterai me a continuare gli studi, finchè sarò io pure dottoressa, professoressa!...

E rise di queste parole in essa, che parevano una stonatura!...

– E allora? – chiese Carlo con una certa ansia.

– Allora aspetterem, il babbo dall'America! – finì per dire Carla.

– Oh il babbo tornerà presto! – esclamò allegramente Carlo. – Nell'ultima sua lettera – soggiunse – dice che è contento dei suoi affari, e che non gli par vero di aver tutto accomodato per venire a raggiungermi.

Arrivarono che il giorno era agli ultimi bagliori. La villetta aperta aveva un aspetto di festa. Al cancello, col muso intelligente fra le sbarre, il cane pareva aspettasse il ritorno della padroncina.

Su la soglia, una robusta ragazzotta contadina, con le zoccole ai piedi e dinanzi l'ampio grembiule bianco, disse subito che la minestra era in tavola. E la governante guizzò in cucina a dare un'ultima mano.

– Non più cuoco, non più servitore nè cameriera elegante! – esclamò ridendo Carla, mentre si toglieva il cappello e la mantellina. Ora bisogna accontentarsi d'una servente sola; ed anche questa, se non ci fosse la governante... starebbe fresca!

La mensa era imbandita nel solito salottino dei pasti, un'eleganza di stanzuccia, dalle pareti squisitamente dipinte, i mobili ricchi.

– Ci sarà un po' di stonatura – continuò Carla, guardando a quel tutto insieme di ricchezza e di buon gusto. – Ma che cosa conta, quando ci si vuol bene? – E fissò gli occhioni interrogativi in volto a Carlo, come a chiedergli mille cose

Questi, commosso e sopra tutto ammirato per quella forza di animo e quell'adattamento che dicevano una natura superiore e un'anima generosissima, si chinò a baciare con rispetto affettuoso la manina della sua giovine amica e mormorò con voce un po' fioca: – E dire che io ho de' torti verso di te!...

– I torti me li racconterai un'altra volta! –– rispose sorridendo Carla. – Adesso andiamo a tavola!....

E sedettero uno da una parte l'altro dall'altra della governante, che era entrata silenziosamente e s'era messa al posto.

– Gusterete la mia cucina! – disse scherzosamente.

Era un'ottima donna quella spilungona, come la chiamava Lolli. Poco istruita, anzi pochissimo, ma abilissima per tutto quanto riguardava la casa; d'una rettitudine a tutta prova e nello stesso tempo di una certa larghezza di pensiero e sopra tutto di sentimento, che le faceva capire la gioventù, compatirla molto e amarla con vigile e spregiudicato affetto di madre tenera e accorta.

Da vari anni si trovava presso Carla e aveva preso ad amare profondamente quella fanciulla franca e profondamente buona, che, se qualche volta scattava per esuberanza di vita, rispondeva sempre alla voce della ragione e a quella dell'affetto.

L'ottima signora stimava assai il giovine amico della sua Carla e parecchie volte senza che nessuno se ne avvedesse, aveva sofferto per l'uno e per l'altra.

Ora si sentiva felice della loro felicità e sovente si trovava ad accarezzarli dello sguardo come una vera madre.

Fu quello un desinare gaio. Tutto fu trovato squisito e furono resi grandi e allegri onori alla cuoca.

Si uscì in giardino a prendere il caffè, sotto il pergolato folto di gelsomini e gaggìe.

Ad un tratto il cane, che stava accucciato fra i suoi due amici, alzò la testa, fiutò l'aria, uscì in un abbaiare d'allarme e corse al cancello.

Carlo e Carla lo seguirono.

– Nulla di male! – disse la governante che era corsa a guardare su la soglia della villa. – Sono una compagnia di studenti in bicicletta.

Erano infatti nove o dieci giovinotti che si avanzavano di volo, sollevando un nuvolo di polvere. A capo della compagnia erano Giorgio Balbo e Lolli. Scesero tutti davanti al cancello. Erano venuti di corsa per stringere la mano alla signorina Carla; quegli studenti, all'infuori di Giorgio Balbo e Lodovico Lolli, erano compagni di scuola della fanciulla, buoni camerati, che avevano passati tanti anni insieme, ricevendo la stessa istruzione, sorbendo le stesse idee. Fu uno scambio di franche e rispettose strette di mano, un rivedersi tutto fraterno.

Con tatto fine, punto difficile a riscontrarsi nella gioventù, la allegra brigata non si fermò; bastava un saluto.

Saltarono di nuovo su le biciclette e via di ritorno con gaia velocità.

***

Quando Carlo uscì dall'aula magna, gli amici, lo accolsero con un evviva poderoso. Erano stati tutti a sentirlo e plaudivano in lui il dottore in lettere e filosofia, che s'era meritato un trenta con lode.

Un po' pallido, un po' stordito, molto commosso, Carlo ringraziò gli amici con parole e strette di mano; poi infilò il braccio in quello di Giorgio Balbo con l'abbandono di chi sa di trovare un'eco a' propri sentimenti.

Difatti Giorgio capì a volo l'amico e bellamente lo sottrasse a quelle clamorose dichiarazioni di amicizia.

– La bicchierata! – gli gridarono dietro tutti, in coro. – Ehi, dottore!... Ricorda l'uso; la bicchierata!

– A domani a sera! – disse Giorgio, invece dell'amico.

E uscirono.

Carlo aveva davvero bisogno d'una boccata di aria libera e di un po' di quiete dopo l'emozione dell'esame di laurea.

Passeggiarono un poco in silenzio in una viuzza deserta. Poi Carlo pensò ad alta voce: Carla sarà contenta!

– Sfido io! – gli rispose Giorgio. – Trenta con lode!... Chi si può aspettare di più?...

– E sarà contento anche il babbo! – soggiunse Carlo.

E fermatosi lì per lì, disse: – Gli telegrafo subito!...

– È inutile – si lasciò scappar detto Giorgio.

Carlo gli sgranò in volto gli occhi pieni di interrogazioni.

– O non mi hai tu detto che doveva venir presto? – si corresse tosto il giovinotto con una strana espressione di piacere su tutto il volto.

– Difatti!! – concluse Carlo. –– È forse già in viaggio!...

– Dunque, alla villetta subito! – propose Giorgio.

E l'accompagnò per un tratto.

– Non prendi la bicicletta? – chiese Giorgio fermandosi dinanzi alla casa ove l'amico aveva la camera.

No; Carlo non voleva prendere la bicicletta. Sentiva il desiderio di fare una passeggiatina a piedi, di sgranchirsi; sopratutto di gustare fra sè e sè la grande compiacenza, che gli accarezzava il cuore; poi voleva, per così dire, prepararsi ad annunciare a Carla l'ottimo esito del suo esame, che era importantissimo avvenimento per lei e per lui.

Giorgio l'accompagnò fino alla porta della città; poi, con un pretesto, lo lasciò. Aveva indovinato il desiderio dell'amico; sentiva che ne' suoi panni avrebbe fatto lui pure così.

Si lasciarono con una stretta di mano. Giorgio riprese la via dell'Università zufolando.

Carlo infilò lo stradone.

Era dottore!... Insieme con una immensa soddisfazione, si sentiva frugato dentro da vago sgomento. Cominciava per lui la vita dell'uomo, forse la lotta!... Fino allora si era sentito guidato e protetto dai maestri e dalle scuole. Adesso toccava a lui stesso a guidarsi. Ebbe un istante di smarrimento pensando alla responsabilità che gli imponeva il dottorato. Sarebbe stato insegnante. Sentì tutta l'importanza, tutta la delicatezza di quella professione, di rado brillante, spessissimo irta di contrarietà e delusioni: – Contrarietà e delusioni s'incontrano da per tutto! – mormorò – e la vita bisogna prenderla come è!...

Pensò a Carla e un largo sorriso gli animò il volto, mentre nell'animo gli scendeva la certezza di saper affrontare l'avvenire con nobile ardimento.

Con una compagna come quella, così affezionata, così superiore alle piccolezze morali e materiali, così forte contro le eventualità della vita, egli non si sarebbe mai sentito solo; e l'anima sua non avrebbe conosciuto le angosce, lo smarrimento della solitudine.

La giornata è calda. Il sollione inonda la pianura che si allarga, si perde in lontananza fra vapori cenericci. La luce abbagliante invade tutto, avvolge, brucia, smorza il colore delle biade, del bosco, dei cespugli. Il cielo d'acciaio lancia su la terra folate di aria scottante.

Carlo cammina all'ombra dei folti filari d'ippocastani, che fiancheggiano la strada tutta bianca e deserta. Guarda distrattamente agli immensi campi ove il grano ondeggia e scoppia nelle ariste; guarda alle macchie rosse di fuoco che il fiammante fiocco de' papaveri e de' rosolacci mette fra le messi bionde; guarda alle fratte di spini spolverizzati di bianco, come se vi fosse scesa la brinata; abbassa gli occhi come a riposo dopo tutto quel candore di ghiaia, sopra l'acqua verdastra e immota delle pozze e de' fossi.

E tira via quasi non badando al caldo afoso che obbliga gli uccelli ad appiattarsi tra le fronde, le foglie all'immobilità; calore morto che l'aria non muove con un alito leggiero. Tira via con l'anima lieta per quel trionfo della laurea, pregustando la soddisfazione della sua giovine amica.

È ormai vicino. La villetta è lì davanti a lui, a pochi passi, avvolta nell'aria dorata, cui la caldura dà lo spessore della nebbia. Le gelosie sono tutte chiuse; le piante del giardino sono come abbattute da quell'ora meridiana.

– Carla non mi aspetta! – pensa il giovine dottore.

Ma l'esclamazione non gli è ancora sfuggita, che ecco, si apre con uno scricchiolìo la gelosia del balcone e si affaccia la gentile persona di Carla. Ma dietro quella figura, su la soglia del balcone, se ne rizza un'altra. La figura di un uomo alto, robusto, dai capelli e la barba brizzolati. Il giovine dottore guarda come in sogno; una vertigine lo fa vacillare e si trova fra le braccia di Lodovico Lolli che è lì ad aspettarlo con la bicicletta appoggiata al cancello.

– Bè! – dice il bravo giovinotto, che è corso innanzi ad annunciare la fortunata notizia della splendida laurea... – Bè!... un dottore che mi fa lo svenevole con una signorina?... Su! in gambe!.. Ecco là la tua fidanzata e tuo padre che se ne stanno ingrulliti dalla commozione!... il tuo babbo, sì!... Ma corri su!... E celebrate la festa con un fiume di lagrime!... Io me ne vado!... Evviva il dottore! – gridò inforcando la bicicletta e volando tra un nugolo di polvere.

***

Lodovico Lolli, quel giorno, buttò per aria i tiretti del suo cassettone facendo un arruffio di cravatte e pezzuole e biancheria e fascicoli e gingilli, per prepararsi una toilette che potesse riuscire inappuntabile. Oh gli stenti, le impazienze, purtroppo spesso anche le imprecazioni, per trovare una camicia veramente ammodo!... Le tolse tutte, ad una ad una; le spiegò, le analizzò dinanzi alla finestra aperta; una non aveva il petto lucido, un'altra aveva il colletto floscio; sopra una terza il turchinetto s'era sparso a chiazze; la quarta sputava sfilacci dall'orlatura dei polsini; alla quinta mancavano i bottoni. Finalmente gli parve di averne trovata una; si fregò le mani per il contento e l'infilò; brrr!... era dura, come il cartone!... Pazienza!... l'avrebbe impiccato meglio, come vuole l'eleganza; sarebbe stata più chic!... Si mise dinanzi allo specchiò e cominciò l'affare difficile dell'abbottonatura; auff!... fu un affare difficile davvero; un faticoso lavorar di dita e di unghie, un battere di piedi furioso, un avvampare da congestionato per riuscire a strozzarsi in un serratoio che l'obbligava a tenere il testone stupidamente ritto, come quello d'una giraffa impagliata. Il più era fatto!... in un batter d'occhio completò la toilette; si calcò in testa un cappello duro invece del solito mencio e un po' sbertucciato, e dopo un'occhiata di compiacenza alla sua figura, che la specchiera gli rimandava, uscì e scese a precipizio le scale.

Per via s'imbattè in una brigatella di studenti, che subito gli fecero ala con burlesco rispetto, toccandosi il cappello, con un inchino.

– Largo a Sua Eccellenza! disse uno.

Lolli, bonaccione, ridanciano sempre, si tirò su impettito, tossicchiando in aria d'importanza e dicendo: – Che?... che non sono chic?...

– Sembri un necroforo! – osservò uno spilungone, vestito di chiaro con la cravatta rossa.

– Vai a un funerale? – chiese un altro.

– Già! – sentenziò un barbuto dalla voce chioccia – va al funerale del suo primo cliente!

E qui tutti a ridere, Lolli compreso.

Si avviarono insieme. Ora si voleva sapere dove andasse l'amico così tutto in nero e agghindato. A far visita al Rettore dell'Università?... A spaurire i malati dell'Ospedale?... A far da perito medico alla Corte d'Assise?... A chiedere la mano della fidanzata?... A nozze forse?

– Non a nozze, ma quasi! – borbottò Lolli in aria misteriosa.

Non ci voleva di meglio per stuzzicare la curiosità chiassona di quei giovinotti. E tante ne fecero e dissero, che Lolli dovette parlare.

Era invitato al villino di Carla a desinare. Sicuro! a desinare!... O che pareva strano ad essi?... O piuttosto... piuttosto, si sentivano rodere dall'invidia?... Ebbè!... si lasciassero rodere!... e se ne stessero con la smania dentro. Fra tutti, l'onore di quell'invito l'aveva ricevuto lui solo; lui e Giorgio Balbo, questo s'intendeva; ma Giorgio Balbo era un uomo serio, non certo da confondersi con essi. Perchè l'avevano invitato?... questo si struggevano di sapere?... Oh bella!... perchè lui era un giovinotto ammodo, che si era meritato l'amicizia di Carla e la simpatia del babbo di Carlo.

Come? come?... Non sapevano che il babbo di Carlo era tornato?... Che venivano dal mondo della luna?... Sicuro!... era tornato improvvisamente lo stesso giorno della laurea del figliuolo. Egli e Giorgio erano i soli a sapere. Quel giorno, appena Carlo ebbe finito l'esame di laurea, egli era volato in bicicletta a recare la notizia del trionfo alla villetta; e là aveva trovato il babbo, che si aspettava appena la sera. Quella sua premura di recare la notizia aveva commosso il brav'uomo, che da allora gli regalò una franca e pronta simpatia; all'americana.

Qui Lodovico fu tempestato di domande. Il babbo di Carlo aveva rifatto la sua fortuna in America?... Tornava ricco come prima del rovescio?... Forse più ricco ancora?... Ricomperava il palazzo venduto?... Riprendeva l'andamento di casa d'una volta?... Carrozza, cavalli palco in teatro?... Ah, Carlo fortunato!... Ah, briccone di professore milionario!... A lui non sarebbe toccata la sorte di mangiarsi il fegato insegnando nei Ginnasi!... Sarebbe sfuggito alla condanna di essere sbalzato da Trapani a Belluno, dalla Sardegna alle Puglie!...

Lolli scuoteva il capo sotto la rumorosa disfogata. E come ci fu un momento di tregua, disse, stillando le parole: – Voi non siete altro che un branco di sognatori; anzi di matti!

E raccontò che il babbo di Carlo era tornato tranquillo per aver regolato gli affari suoi, ma tutt'altro che ricco. Niente palazzo, niente carrozze, cavalli, palco in teatro. Aveva raggranellato appena appena quel tanto che occorre per vivere modestamente. Si sarebbe ritirato in campagna a badare lui stesso alla tenuta che gli era rimasta. E Carlo?... avrebbe accettato con piacere il posto che gli sarebbe stato offerto!...

– Magari in Sicilia? – fece uno.

– Magari in Sicilia! – rispose Lolli.

– Magari in Sardegna?

– Magari in Sardegna!... Che lo credete un grullo, un pusillo come voialtri, che vi viene la tremarella al solo pensiero di essere destinati a Gorgonzola?... Egli è pronto anche a partire per Foggia, a farsi seccare le carni intorno dal vento africano!... E Carla lo seguirà in capo al mondo, se sarà necessario!...

– Si sposano? – chiese un compagno di scuola della fanciulla.

– Sicuro! e presto!... o non ve l'ho detto che andavo quasi a nozze?

Giunsero alla porta della città fuori della quale si apriva lo stradone che guidava alla villetta. Qui, Lolli, si rimboccò i calzoni, si calcò bene in testa il cappello e atteggiandosi alla corsa, salutò i compagni congedandoli così:

– Ed ora! front indietro!... marsch!... Voi in città ed io all'invito!... Uno! due! tre!

E coi pugni serrati ai fianchi, si allontanò a corsa sfrenata, piantando tutti con un palmo di naso. Come fu sicuro d'essersi lasciati indietro i compagni, si fermò; si asciugò il sudore, si aggiustò intorno i vestiti, e fece il suo ingresso nella villetta, sorridente, agghindato, a grande sorpresa di Carlo e Carla, che salutarono l'elegante damerino con una risata di buon umore.

– Diamine! – fece il gioviale giovinotto. – Una volta tanto posso anch'io sfogarmi il gusto dello chic!...

Ma i suoi giovani amici sapevano che non era per la smania dell'eleganza ch'egli si era presentato così inappuntabile, ma piuttosto per uno squisito senso di rispetto, quasi una fine dimostrazione di riconoscenza per quell'invito, che gli apriva la casa come ad un intimo. E tutti due gli strinsero la mano guardandolo con affetto, e mettendolo subito a parte, come vero amico intimo, de' loro disegni.

Carla aveva abbandonato l'idea di continuare gli studi e di laurearsi. Diamine!... vivendo con un professore, avrebbe, sempre avuto tempo di studiare poi... Si sarebbero sposati verso la fine delle vacanze, dopo che Carlo avrebbe saputo la sua destinazione. E il babbo?...

Il babbo entrava appunto in quel momento e disse lui di sè stesso. Egli si ritirava nelle terre che gli erano rimaste. Dopo i rovesci sofferti, dopo il lavorìo serrato di quei due anni d'America, egli aveva bisogno di quiete!... Gli sorrideva la vita della campagna, ove i suoi figliuoli sarebbero pure andati a passare le vacanze.

E durante l'assenza dei figliuoli, il suo amico giovine, come egli soleva chiamare Lolli, si sarebbe bene ricordato di lui; oh non c'era dubbio!... Una sfuggita dalla città alla sua campagna era subito fatta!... E poi... e poi... quella campagna era a breve distanza dal borgo; un borgo grosso, importante, con ospedale e molte famiglie ricche!... Un medico avrebbe facilmente potuto farsi una nicchia in quel borgo!... chissà!... egli, il brav'uomo, sperava d'aversi un giorno vicino quel simpaticone di dottorino, tutto risate, burle, squisitezza di cuore!...

Carlo e Carla erano guizzati fuori dal salottino lasciando soli il babbo e Lodovico. Avevano visto dalla finestra Giorgio Balbo che trinciava l'aria e la polvere con la sua bicicletta e gli andavano incontro.

La tavola era già imbandita sotto il pergolato folto di arrampicanti e gelsomini in fiore. La governante era in faccende a disporre sulla mensa frutta e fiori, a badare in cucina, alla servente, a dare una mano dove occorreva.

Il cane, seduto sulle zampe di dietro, guaiva d'impazienza presso la tavola, e la capinera gorgheggiava la sua armoniosa canzone tra le fronde rigogliose.

***

Era quella la prima sera, che, dopo le vacanze, gli studenti della compagnia di Lolli e Carlo si ritrovavano riuniti. Si erano dati convegno alla trattoria dell'Oca; la solita. Alla tal ora, dovevano desinare insieme nell'antica stanza dai muri anneriti dal fumo dei sigari e delle pipe e le pareti adorne di litografie, rappresentanti a colori smaglianti fatti storici recenti.

I giovinotti arrivarono alla spicciolata; e fu uno scambio di saluti festosi e giocosi e di poderose strette di mano; fu un chiacchiericcio allegro e burlone, rotto da risate sonore, da proposte bizzarre; un baccano indiavolato; un rituffarsi allegro e spensierato nella vita dello studente.

Sedettero alla ventura; a tre, a quattro per tavola; e presero a sbraitare gli imperiosi desideri del loro stomaco, tempestando cameriere e padrone d'ordini e contro ordini, di parole ed atti d'impazienza, di pretese buffone.

Della compagnia erano anche Giorgio Balbo, venuto per il ritrovo con gli amici e Lodovico Lolli, più che mai ridanciano e burlone.

Si lavorava allegramente di cucchiaio e di forchetta, ma il lavorio non impediva le chiacchiere; tutt'altro... I piaceri, le noie, gli smacchi delle vacanze trascorse, venivano serviti a richiesta e anche senza richiesta.

Uno era stato al mare e raccontava le gioie della spiaggia, la poesia dei bagni. Un altro aveva passato due mesi in montagna e ringhiava, fra i denti, il tedio della solitudine solenne, la melanconia del boschi folti e scuri, la gioia delle serate, a eterno tu per tu con fratellini, sorelline lagnosi e inuggiti, coi domestici fatti orditi dalla forzata famigliarità. Un terzo, cacciatore arrabbiato, spacciava le più inverosimili avventure; diceva di fagiani, scovati a dozzine, di stragi di pernici, di aquile e avvoltoi da lui stesso assaliti nei nidi fra le rocce a picco dei botri spaventevoli; diceva di incontri con orsi nelle valli del Legnone; di fantastiche manovre per sfuggire al pericolo di un abbraccio della belva, infierita dalla vista dell'uomo; fanfaronate che i compagni accoglievano a fischi e a urli senza turbare per nulla la vena feconda del fortunato raccontatore. Un Tizio aveva scorso mezza Italia in bicicletta; un biondino stento, cantava le meraviglie dei ghiacciai, facendosi appioppare lì per lì il nomignolo di Tartarin. Giorgio Balbo, lui, non si era mosso dalla città per via della nonna sua che giaceva tutt'ora malata.

– Ed io – saltò su Lolli – ho passato le vacanze all'ospedale, come interno!... ho respirato per tre mesi l'aria malata e satura di acido fenico. Ma non sto meno bene di voialtri per questo! – soggiunse agitando il testone arruffato e forte.

Avevano finito di mangiare, e infilavano la politica, a sedere sulle tavole, a cavalcioni delle sedie, sdraiati sulle panche con la pipa in bocca. E gli apprezzamenti, i consigli, le idee peregrine, le stranezze, cadevano fitti come gragnuola fra le grasse risate e gli applausi strepitosi. Erano nel buono della digestione chiassona, quando l'uscio venne aperto con impeto e apparve Carlo, sorridente e dall'espressione felice.

Fu salutato con un urlo di festa, circondato, quasi soffocato dalla simpatia, dalla schietta cordialità. Come gli fu possibile di parlare trasse di tasca un foglio piegato e disse levandolo in alto:

– La mia nomina!

– Evviva il professore! – gridarono tutti.

E chiamarono ad una voce il cameriere che portasse delle bottiglie, di quel vecchio, per una bicchierata.

– Per dove? – chiese Giorgio Balbo un po' commosso.

– Se vai in Sicilia aspetta a dirlo! – pregò Lolli. – Non guastarci la bicchierata!

– Niente Sicilia! – esclamò Carlo, gaiamente.

– E... al Liceo, s'intende! – saltò su uno studente di lettere.

– Niente Liceo! – rise Carlo.

– Oh! oh! Entri di piè pari all'Università?

– Ti hanno regalato la libera docenza?...

– Ah! ah!... Università!... libera docenza!... Si vede che siete rimpinzi fino agli occhi, non vedete più chiaro nelle cose!... Sono nominato professore della prima classe ginnasiale.

La notizia portò tale sorpresa, che tutti rimasero silenziosi a guardare Carlo con facce lunghe.

– Veh! mi parete altrettanti don Bartolo!... – uscì Carlo, ridendo schiettamente.

Uno degli studenti, che stava stappando una bottiglia, rimase a mezzo l'operazione e chiese con voce chioccia:

– Carlo! dici davvero?

– Tanto davvero che vi nostro la nomina!... Eccola!

E spiegò il foglio, mettendolo sotto il naso a Lolli.

Ma questi appena vi ebbe gettati gli occhi sopra si fece allegro come un passero, e saltando ritto su una tavola:

– Abbasso i musi! – gridò – Carlo è nominato professore qui, nella nostra città!

Fu tosto dimenticata la prima classe ginnasiale per festeggiare la destinazione.

E fu festeggiata con pieno ritorno del buon umore. Che cosa contava infatti che si trattasse di Ginnasio invece di Liceo, che anzi si trattasse proprio della prima classe, quando l'amico non avrebbe dovuto andar via?... Sarebbe ancora come se fosse studente; si sarebbero veduti tutti i giorni, tutte le sere.

– E Carla? – chiese uno ad un tratto.

– E le nozze? – chiese un altro.

Carla, chi non lo sapeva?... Era una donnina dallo spirito superiore e non pensava certo che il suo fidanzato ci perdesse in dignità insegnando nella prima classe ginnasiale. Ell'era invece felice della sua destinazione. Avrebbero continuato a vivere alla villetta.

Le nozze si sarebbero celebrate subito; fra pochi giorni; alla buona; anzi alla chetichella, come conveniva a un povero professorello della prima ginnasiale. Ma un professorello felice, oh felicissimo!

Non c'era bisogno che Carlo lo dicesse: la gioia più schietta gli traspariva dagli occhi, dalla parola, perfino dai gesti.

Si era fatto scuro. Il cameriere recava i lumi, quando rientrarono otto studenti, che erano guizzati fuori poco prima, senza che nessuno se ne avvedesse. Avevano sotto il braccio il mandolino; proposero una passeggiata fino alla villetta.

Volevano fare una serenata alla fidanzata del professore, alla antica compagna di scuola, alla giovine amica stimata ed amata.

E uscirono tutti, in bell'ordine, con fare dignitoso, compresi dell'onore di festeggiare una signorina così per bene, così meritevole di ogni rispetto.

Infilarono la porta della città, presero per lo stradone. La notte era chiara come la faccia della luna, ci si vedeva da contare le piante a un miglio lontano. Via per l'ampia distesa, i mastini abbaiavano rabbiosamente, rispondendosi da un cascinale all'altro.

Il sonno era già sceso su le case dei contadini sparse qua e là fra i prati e i campi.

L'aria lieve frusciava come carezza fra i rami che l'autunno andava spogliando.

La calma della serata, la felicità dell'amico, la dolce certezza di averlo ancora fra di essi, tutto ciò aveva smorzato l'ilarità chiassona della compagnia di studenti, mettendoli invece in uno stato di commozione tenera e soave, che dava alle loro voci intonazioni inusitate, ai loro discorsi una serietà serena.

Giunti ai pressi della villetta, si schierarono lungo la cancellata, e gli otto sonatori, raccolti nel mezzo, presero fra il silenzio a suonare con sentimento e vera maestria della musica soavissima.

Agli ultimi accordi della prima suonata, Carla apparve a capo della scalea d'entrata; ed era così bella nel vestito bianco, avvolta nella fantastica luce della notte limpida, che i bravi giovinotti si sentirono serrati alla gola da un groppo, e non seppero manco spiccicare una parola.

I mandolinisti riattaccarono altra suonata, durante la quale uscirono in giardino il babbo di Carlo e la governante. E suonando, la compagnia si allontanò senza un evviva; chetamente, rispettosamente, con quella delicatezza tanto facile, anzi naturale nella gioventù intelligente e buona, quando è commossa da sentimenti nobili e gentili.

Come Carlo raggiunse la fanciulla, che non si era mossa, essa gli piegò il capo su la spalla, mormorando fra le lagrime: – Come sono buoni i nostri amici!... E quanto! oh quanto io sono felice!

Il giovinotto si chinò a baciare con devoto rispetto la bella testina della fidanzata; poi si staccò da lei con un sorriso, e salutati il babbo e la governante, saltò su la bicicletta e raggiunse i compagni per tornare con essi in città nella camera da studente che avrebbe occupata ancora per poco tempo.

Sempre suonando, gli amici accompagnarono Carlo alla casa ove alloggiava, e lì lo salutarono con una stretta di mano silenziosa.

– Ti auguriamo ogni bene! – disse Giorgio.

– Siate felici tutti due! – mormorò Lolli.

Salito nulla sua cameretta. Carlo si affacciò alla finestra, attratto dalla luce mite della luna che scintillava nell'acqua del fiume sottostante e ricamava la campagna di ombre fantastiche.

Era una notte tranquilla e bellissima, che nobilitava il pensiero.

Si rivide dinanzi la bianca figurina della fanciulla che egli amava fino da bimbo; sentì tremarsi il cuore in petto per tenerezza, e alzando gli occhi al cielo, mormorò: – Dio!.., fate ch'io possa renderla felice come si merita, come vorrebbe l'anima, mia!

FINE